Juan the Bear and the Water of Life
La Acequia de Juan del Oso

Retold and Translated by
Enrique R. Lamadrid & Juan Estevan Arellano

Illustrations by Amy Córdova

UNIVERSITY OF NEW MEXICO PRESS ∞ ALBUQUERQUE

Pasó por Aquí Series
on the Nuevomexicano
Literary Heritage

Printed in China by Oceanic Graphic Printing

First paperbound printing, 2013
Paperbound ISBN: 978-0-8263-4544-8
17 16 15 14 13 1 2 3 4 5

Library of Congress Cataloging-in-Publication Data

Lamadrid, Enrique R.
Juan the bear and the water of life = La acequia de Juan del oso /
retold and translated by Enrique R. Lamadrid and Juan Estevan Arellano ;
illustrations by Amy Córdova.
p. cm. — (Pasó por aquí series on the Nuevomexicano literary heritage)
Summary: Although treated as outcasts, three superhuman friends,
including Juan del Oso whose father was a bear, create an irrigation system
for New Mexico's Mora Valley.
Includes bibliographical references.
ISBN 978-0-8263-4543-1 (cloth : alk. paper)
[1. Folklore—New Mexico.
2. Irrigation—Folklore.
3. Spanish language materials—Bilingual.]
I. Arellano, Juan Estevan. II. Córdova, Amy, ill. III. Title.
IV. Title: Acequia de Juan del oso.
PZ73.L278 2008
[398.2]—dc22
2008008846

Book design and type composition by Melissa Tandysh
Composed in ITC Clearface Std : Display type is ITC Century Handtooled Std

This publication was made possible in part by a grant from The Center for Regional Studies, University of New Mexico.

Dedication ∞ Dedicatoria

For all the children of New Mexico. For the New Mexico Acequia Association. And for those who labored in the forests of la Jicarita to deliver water to the Mora Valley and the elders of Picurís who granted them a part of their flow.

Para todos los hijos de Nuevo México. Para la Asociación de Acequias de Nuevo México. Y para todos los que labraron en los bosques de la Jicarita para llevar el agua hacia el valle de Mora y los ancianos de Pícuris que les dieron parte de su caudal de agua.

—Enrique Lamadrid & Juan Estevan Arellano

Dedicated to the children, past and present,
of the majestic Mora Valley.
To Addie Trujillo, Mel, Dori, Marcy, Mary,
and Freida . . . comadres fuertes y fieles.
¡Que vivan las acequias . . . siempre!
To the Bear!

—Amy Córdova

Note from the Series Editors

The *Pasó por Aquí Series* is delighted to add *Juan the Bear and the Water of Life: La Acequia de Juan del Oso* to the list of books it has published on Hispanic New Mexico's literary traditions. Scholars have long been aware of this tale, the Spanish versions having been taken up by Hispanist Juan Bautista Rael in the 1930s and published in *Spanish Folk Tales of Colorado and New Mexico*. But good stories were never meant to be collected; they are meant to be told and retold. This new version of *Juan the Bear and the Water of Life* flows from the pen of Enrique Lamadrid, gushes from the lips of raconteur Juan Estevan Arrellano, and leaps into sight in Amy Córdova's spectacular illustrations. The collaboration polishes the many facets of how, through ingenuity and hard work, the settlers of the Mora Valley made water "jump across mountains." History tells us when the waterways were built, but this telling is the tastier, the *más suave y sabroso* way to understand this epic moment. It is a pleasure to invite readers of all ages to delight in the fabled story of our beautiful and ingenious acequias and to return to an imaginary world that our ancestors populated with characters such as Juan del Oso, Silvia, Mudarríos, Mudacerros, and of course the Great Bear, who moved mountains and rivers and made the valleys green with life.

For the Pasó por Aquí Editors
A. Gabriel Meléndez
University of New Mexico

Acknowledgments ೲ To our forebears who passed on the stories of John the Bear, Mountain Mover, and River Mover, like Aurelio Macedonio Espinosa, Juan Bautista Rael, Félix Herrera, and Enrique Eufrasio Lamadrid. To José Antonio Olguín who went before the elders of Picurís to ask permission for the water, and of course the people named in the historical documents and maps who carry their names inscribed with canyons, springs, and mountains. Thanks also to A. Gabriel Meléndez for his wisdom and wit, Amy Córdova for her extraordinary vision of life, Eleuterio Santiago Díaz for his bilingual good sense, and Clark Whitehorn for his deep love of bears. Finally to the advocacy and support of the Center for Regional Studies of the University of New Mexico.

Reconocimientos ೲ A nuestros antepasados que mantuvieron los cuentos de Juan del Oso, Mudacerros y Mudarríos, como Aurelio Macedonio Espinosa, Juan Bautista Rael, Félix Herrera y Enrique Eufrasio Lamadrid. A José Antonio Olguín que fue ante los ancianos de Picurís a pedir permiso por el agua y claro que las gentes nombradas en los documentos históricos y mapas que hoy llevan sus nombres grabados en los cañones, ojos y montañas. Gracias también a A. Gabriel Meléndez por su sabiduría picaresca, Amy Córdova y su visión extraordinaria de la vida, Eleuterio Santiago Díaz por sus buenos consejos bilingües y Clark Whitehorn por su profundo amor a los osos. Finalmente por al apoyo y ayuda del Centro de Estudios Regionales de la Universidad de Nuevo México.

Prologue

History and Legends of the Acequias of the Mora Valley

THE ACEQUIAS OF THE UPPER MORA VALLEY ARE THE highest and most famous traditional irrigation systems in New Mexico. Almost in defiance of gravity, they elevate water from three west-flowing forks of the Río Pueblo in the Sangre de Cristo Mountains, up and over a high mountain ridge, across a subcontinental divide and to the east, from the vast watershed of the Río Grande to the immense watershed of the Mora, Canadian, Arkansas, and Mississippi rivers. The men, women, and children who accomplished this feat belong as much to history as to legend, and this is their story.

Prólogo

Historia y leyendas de las acequias del valle de Mora

LAS ACEQUIAS DEL ALTO VALLE DE MORA SON LAS MÁS altas y más famosas de los sistemas de riego tradicional en Nuevo México. Como desafiando la gravedad, levantan las aguas de tres brazos del Río Pueblo que corren hacia el oeste en las montañas de la Sangre de Cristo, las hacen pasar sobre la cresta, hacia arriba y por una ribera, cruzar la divisoria continental y continuar hacia el este, desde la vasta cuenca del Río Grande hasta las inmensas cuencas de los ríos Mora, Canadiense, Arkansas y Misisipí. Los hombres, mujeres, y niños que realizaron esta obra pertenecen tanto a la historia como a la leyenda, y esta es su cuento.

൭ It is said that when some adventurous souls decided to cross La Jicarita, Gourd Mountain, to the lands beyond, they just picked up and left. They knew that on the other side lay a verdant valley that led east to the buffalo plains where great herds of *cíbolos* roamed. In fact, it was the *ciboleros* who had traversed the valley on their treks to the *llano estacado* to hunt the buffalo. With a growing population, lands were becoming scarce on the western slopes of the Sierra Madre, known much later as the Sangre de Cristos after the railroad came. And since youth has always been adventurous, young men challenged each other, *"vámonos pa'l otro lado de la sierra,"* let's go to the other side of the mountain. "There's plenty of land and water where we can raise our families without want." They were following the tradition of their ancestors, who left the silver mining town of Zacatecas in 1596 in search of a new land.

And so from one day to the next, a group assembled, packed up, and headed across the divide. They all knew the area; they were all ciboleros, a breed of tough *norteños* who knew how to survive. They packed their horses and mules; it was an early April day and all you could hear was, *"vámonos, vamos,"* amidst all the dust stirred up by horses and mules ready for the trip. *Se despidieron*, they said good-bye to their parents, their *queridas*, and asked for their blessing from their grandparents. They all knelt to be blessed, *les echaron la bendición*, and they took off. On their way they led the cattle to their summer pastures, to Tres Ritos and El Cañón de la Junta. They would be back in the late fall with wagonloads of jerky and hides, or maybe earlier in August to stock up on *chile verde* and the other vegetables and fruits they craved.

It was a group of about twenty men, all in their late teens and twenties, all of them tough as rawhide, *garrudos* and *corriosos*. They were from Embudo and Picurís, others from Trampas, Santa Bárbara, and some from as far as Santa Cruz de la Cañada and la Soledad del Río Arriba, all related somehow to each other and the Martín Serrano clan, the family of the first land grant in the Española Valley.

The first families crossed over the mountains in 1816, then again in 1835, under the Spanish then Mexican flags, although not much had really changed since the time of the viceroys of New Spain. Here the people did what they had to do to survive and they could care less under which banner they lived. The Nuevo Mexicanos were independent and proud, hard workers who labored from sunup to sundown as was their custom.

But after opening up the land on the other side of the mountain, after carving the landscape with acequias and contra-acequias like a living sculpture and bringing their first crops in, they realized they would eventually need more water. After the young who had ventured across the sierra grew old enough to watch their grandchildren work the land, they realized they had to make serious plans for future generations.

ൟ Se cuenta que cuando algunas almas adventurosas decidieron cruzar la Jicarita hacia tierras desconocidas, de buenas a primeras se decidieron y se fueron. Ellos sabían que al otro lado había un valle verde en rumbo al este, hacia las planicies donde grandes manadas de cíbolos pasteaban. En verdad habían sido los ciboleros los primeros en pasar por el valle en sus viajes al llano estacado para cazar cíbolos. Como la población estaba creciendo, las tierras estaban escaseando en las laderas occidentales de la Sierra Madre, conocida posteriormente como la Sierra de la Sangre de Cristo con la llegada del ferrocarril. Y ya que la juventud siempre ha sido audaz, los jóvenes se retaban unos a los otros, "vámonos pa'l otro lado de la sierra." "Hay mucha tierra y agua para criar nuestras familias sin que les falte nada." Estaban siguiendo la tradición de sus antepasados quienes en 1596 habían dejado las minas de plata del pueblo de Zacatecas en busca de tierras nuevas.

Así que en una prontidud, de un día para otro, se juntó un grupo que empacó todo y se fue a cruzar la divisoria. Todos conocían el área; eran ciboleros, una raza corriosa de norteños que sabían cómo sobrevivir. Cargaron sus caballos y mulas; era un día a principios de abril y todo lo que se oía era, "vámonos, vamos," entre todo el polvo del pisoteo de los caballos y mulas ansiosos de emprender el viaje. Se despidieron de sus padres, sus queridas, y les pidieron la bendición a sus abuelos. Todos se hincaron, les echaron la bendición y se fueron. Rumbo a su nuevo lugar, llevaron su ganado a su pasteo de verano en Tres Ritos y el Cañón de la Junta. Regresarían tarde en el otoño con los carros llenos de carne seca y cueros, o quizás volverían más temprano, en agosto, por chile verde y otras verduras y frutas que tanto les apetecían.

Era un grupo como de veinte hombres entre menos de veinte a menos de treinta años, todos más fornidos como el cuero sin curtir, garrudos y corriosos. Eran del Embudo y Picurís, otros de Trampas, Santa Bárbara y otros hasta de Santa Cruz de la Cañada y la Soledad del Río Arriba, todos parientes de un modo u otro, descendientes de la familia de los Martín Serrano, herederos de las primeras mercedes de tierra en el valle de la Española.

Las primeras familias cruzaron la sierra en el 1816, luego en el 1835, bajo las banderas de España y luego México, aunque nada había cambiado desde los tiempos de los virreyes de la Nueva España. Aquí la gente hacía lo que tenía que hacer para sobrevivir y no les importaba bajo qué bandera vivían. Los nuevomexicanos eran independientes y orgullosos, trabajadores que labraban desde la salida hasta la puesta del sol como era su costumbre.

Después de desmontar la tierra al otro lado de la montaña, de cincelar en ella acequias y contra-acequias hasta hacerla parecer una escultura viva y de recoger sus primeras cosechas, se dieron cuenta que eventualmente iban a ocupar más agua. Después que los primeros jóvenes en cruzar la sierra envejecieron lo suficiente como para ver a sus nietos trabajar la tierra, se dieron cuenta que tenían que planear más seriamente por el bien de las generaciones venideras.

Hoping and praying for more rain and snow was not enough. They had to secure a more generous flow of the precious liquid to nourish the valley. They got together and decided to bring water from the other side of the mountain. They agreed they could not just go and take it. As men of honor and respect, they realized they should ask permission from the elders of Picurís Pueblo, on the banks of the Río Pueblo. The Tiwas had settled first and were the keepers of the water. By that time, many Nuevo Mexicanos had grandfathers and grandmothers in Picurís. They were mestizos and would never single-handedly do anything to harm their neighbors and relations. A group of men from El Trampero and El Rito Negro (today Chacón), led by José Antonio Olguín (born in 1769 and married in San Lorenzo de Picurís in 1791), made the trek across the Jicarita from where they originally came to talk to their *parientes* about the possibility of getting more water for their crops and growing population.

On the west side of La Jicarita the development of irrigated agriculture had worked its way up from the mouth of the tributaries of the Río Grande like the Río Santa Cruz and Río Embudo. On the other side it worked its way from the top down. The elders of Picurís needed to discuss and consider the request. But even if they agreed for the water to be shared, how would such a monumental task be achieved? On their way back home, some went on horseback to visit their *primos* and *abuelitos* for a few days then headed back across the sierra. About a year passed before they heard from Picurís, and to their surprise the elders agreed to allow them to divert water from the west to the east if they could find a way. Perhaps the Tiwas consented because they thought that such feat of engineering was impossible.

There were no easy solutions to achieve their goal. Besides their determination and the strength of their horses and oxen, their only technologies were wooden plows, ropes, pulleys, and a half filled brandy bottle to serve as a level. Almost nobody had shovels with metal blades in 1818 or 1835. How could the river be coaxed to flow in the opposite direction? Even today it would be a daunting project costing million of dollars, not to mention the environmental challenges. But somehow, they made it happen. Historical documents and the maps of today bear the names of these people inscribed on canyons, springs, and mountains: Olguín, Martínez, Durán, Romero, Arellano, Abeyta, Lucero, Archuleta, Borrego, Cruz, Gonzales, Luján, Meléndez, Lara, Madrid, Suazo, Tapia, García, Medina, Trujillo, Valdez, Gallegos, Mascareñas, Gandert, Montaño, Martín, Medina, Ortega, Páez, Pacheco, Sánchez, Salazar, Vigil, among others. The three trans-mountain acequias are officially registered as: La Acequia del Rito Negro (c. 1825), La Acequia del Rito Griego y la Sierra (1865), and La Acequia de la Sierra (1882).

Esperar y rezar para que cayera más agua y nieve no era suficiente. Tenían que construir un surco más generoso del preciado líquido para nutrir el valle. Se reunieron y decidieron traer agua del otro lado de la montaña. Estaban de acuerdo que no podían ir y tomarla. Como hombres de honor y respeto, se dieron cuenta que tenían que pedirles permiso a los ancianos del Pueblo de Picurís en las orillas del Río Pueblo. Los tiwas se habían asentado allí primero y eran los guardianes del agua. Ya muchos nuevomexicanos tenían abuelos y abuelas en Picurís. Eran mestizos y nunca harían nada de por sí para dañar a sus vecinos y parientes. Un grupo de hombres del Trampero y el Rito Negro (hoy día Chacón), encabezados por José Antonio Olguín (nacido en el 1769 y casado en San Lorenzo de Picurís en 1791), hizo el viaje al otro lado de la Jicarita de donde eran originarios para hablar con sus parientes atocante la posibilidad de conseguir más agua para sus hortalizas y la población que seguía aumentando.

En el lado poniente de la Jicarita el desarrollo de agricultura del pequeño riego se había extendido hacia arriba, desde la boca de los ríochuelos del Río Grande como el Río Santa Cruz y el Río Embudo. Al otro lado se extendió desde arriba para abajo. Los ancianos de Picurís tenían que discutir y considerar la petición. Pero aun si estaban de acuerdo con compartir el agua, ¿cómo se iba a llevar a cabo aquella monumental tarea? En su viaje de regreso a casa, algunos fueron a caballo a visitar a sus primos y abuelitos por unos días, antes de regresar al otro lado de la sierra. Cerca de un año había pasado antes de que recibieran respuesta de los ancianos de Picurís. Para su sorpresa dijeron que sí podían desviar el agua de poniente hacia oriente si hallaban el modo de hacerlo. Posiblemente los tiwas consintieron porque pensaban que dicha tarea de ingeniería sería imposible.

No había soluciones fáciles para alcanzar la meta. Aparte de su determinación y la fuerza de sus caballos y bueyes, su única tecnología consistía de arados de palo, cabrestos, rondanillas, y media botella de aguardiente que servía como nivel. Casi nadie tenía palas de hierro en el 1818 y 1835. ¿Cómo podían hacer que el río corriera en la dirección opuesta? Incluso hoy sería un proyecto casi imposible que costaría millones de dólares, sin tomar en cuenta los desafíos ambientales. Pero de un modo u otro se hizo realidad. Los documentos históricos y mapas de hoy llevan los nombres de esta gente grabados en los cañones, ojos y montañas: Olguín, Martínez, Durán, Romero, Arellano, Abeyta, Lucero, Archuleta, Borrego, Cruz, Gonzales, Luján, Meléndez, Lara, Madrid, Suazo, Tapia, García, Medina, Trujillo, Valdez, Gallegos, Mascareñas, Gandert, Montaño, Martín, Medina, Ortega, Páez, Pacheco, Sánchez, Salazar, Vigil, entre otros. Las tres acequias que cruzan la montaña están oficialmente registradas como: La Acequia del Rito Negro (c. 1825), La Acequia del Rito Griego y la Sierra (1865) y La Acequia de la Sierra (1882).

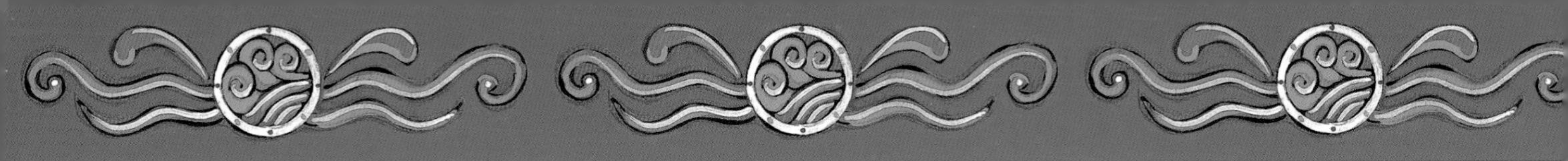

Many years have passed. Since only a few families have passed on stories with very much detail, legends and myths have set in.

Only someone with more than human strength could have changed the course of rivers and moved mountains. When children ask, some parents still tell them that it must have been the work of Juan del Oso, that stouthearted young man whose father was a bear. From the Pyrenees and Cantabrian mountains of northern Spain to the Sierra Madres of Mexico and the Andes, Spanish-speaking peoples still tell the ancient stories of Juan the Bear and his nearly superhuman friends.

New Mexico's first folklorist, Aurelio Macedonio Espinosa, heard about Juan del Oso growing up in southern Colorado in the 1880s. His student Juan Bautista Rael collected many versions from the 1930s until after World War II. In 1946, one of Rael's students in Santa Fe was a teacher at Allison James School named Enrique Eufrasio Lamadrid, who told it to his son Enrique, who tells it to his children and his students and anyone else who cares to listen. Juan Estevan Arellano heard the prodigious stories of the Juanes from his father, who had heard it from Félix Herrera and his aunt Josefa, growing up in Embudo in the very shadow of La Jicarita. All the characters and plot details come directly from the story cycle as it is told in the Américas and Spain. We chose the beautiful Mora Valley for the setting, since it is surrounded by bears. In the older stories the Juanes lend their services to kings and princesses. We put them to work on the acequias with their families, like all the other young men in Mora. Take a moment and we will share the story of Juan del Oso with you.

Muchos años han pasado. Ya que solo unas cuantas familias nos han legado historias con suficientes detalles, las leyendas y los mitos se han arraigado.

Solamente alguien con más fuerza que un humano pudo haber cambiado el curso del río y mudado montañas. Cuando los niños preguntan, algunos padres todavía les dicen que tuvo que ser el trabajo de Juan del Oso, aquel joven fornido cuyo padre era un oso. Desde las montañas Pirineos y Cantábricas en el norte de España hasta la Sierra Madre de México y los Andes, la gente de habla española todavía cuenta los cuentos de Juan del Oso y sus amigos sobrehumanos.

El primer folclorista nuevomexicano, Aurelio Macedonio Espinosa, oyó de Juan del Oso cuando crecía en el sur de Colorado en los 1880s. Su estudiante Juan Bautista Rael coleccionó muchas versiones del cuento desde los años 1930s hasta después de la Segunda Guerra Mundial. En el 1946, uno de los estudiantes de Rael en Santa Fe era maestro en la escuela Allison James. Se llamaba Enrique Eufrasio Lamadrid. Este le contó el cuento a su hijo Enrique, quien hoy se lo cuenta a sus hijos y estudiantes y a cualquiera que guste de escucharlo. Juan Estevan Arellano también oyó la prodigiosa historia de los Juanes de boca de su padre, que lo había escuchado de Félix Herrera y su tía Josefa en su niñez en Embudo, como quien dice, en la sombra de la Jicarita. Todos los personajes y los detalles de la trama provienen directamente del ciclo del cuento que se cuenta en las Américas y España. Nosotros escogimos el bello valle de Mora como escenario, ya que está rodeado de osos. En otras versiones del cuento, los Juanes están al servicio de reyes y reinas. Nosotros los hemos puesto a trabajar en las acequias con sus familias, como todos los otros jóvenes en Mora. Préstanos un momento y compartiremos el cuento de Juan del Oso con ustedes.

The Legend of the Acequias of Juan del Oso

En los tiempos de yupa, a long time ago, a man named Juan Serreño and his daughter Silvia lived in their *fuertecito*, a little mud-plastered log house high up on the northeast slope of La Jicarita, right near Los Alamitos where the great forest meets the uppermost pastures and fields of the Mora Valley. They had moved over the mountain from the Pueblo of Picurís after an epidemic took Silvia's mother from this world.

La leyenda de las acequias de Juan del Oso

En los tiempos de yupa, hace mucho tiempo, un señor llamado Juan Serreño y su hija Silvia vivían en un fuertecito, un jacal de palos embarrado con zoquete, en el soslís del noreste de la Jicarita, cerca de Los Alamitos donde la inmensa sierra se topa con los pasteos y terrenos más altos del valle de Mora. Ellos se habían trasladado al otro lado de la montaña del Pueblo de Picurís después que una epidemia de viruela se llevó a la madre de Silvia de este mundo.

Since they were newcomers, there was not really a place for them in the nearby village of Agua Negra because there was not quite enough water to grow everything the people needed, only some fields of winter wheat and a few cattle.

Juan cut firewood and *vigas* that he traded for flour, beans, and other necessities like shoes and tools. Silvia took care of a small flock of sheep that gave them wool for weaving and a little meat. All winter she and her father wove beautiful blankets and rugs on their looms. They did well enough, but the land was too dry for many people to make a living. By the early summer the snows were melted and gone and the pastures dried up.

Siendo que eran recién llegados, no había lugar de veras para ellos en la placita de Agua Negra, debido a que no había suficiente agua para producir lo que la gente ocupaba para sobrevivir. Solamente había unos terrenos de trigo de invierno y unas vacas.

Juan cortaba leña y hacía vigas que cambiaba por harina, frijol y otros productos necesarios como zapatos y herramientas. Silvia cuidaba de su hatajito de borregas que les daba lana para los tejidos y una poca de carne. Durante todo el invierno, ella y su padre tejían frezadas y pisos hermosos en sus telares. Les iba bien, pero la tierra estaba tan seca que era difícil que mucha gente se ganara el pan. Para el principio del verano ya las nieves se habían derretido y los pasteos se habían secado.

One spring when the lambs came, the girl spent every day helping the ewes and guarding against the coyotes while her father was in the forest. She loved to sing to herself and her flock in the meadow:

Flower among flowers,
flower of my love,
come along with me,
give me your love.

En una primavera, cuando nacían los borreguitos, la joven pastora pasaba todos sus días cuidándolos y protegiéndolos de los coyotes mientras su padre estaba en la floresta. A ella le encantaba cantar para sí y para su rebaño en la pradera:

Flor de las flores,
flor de mi amor,
vente conmigo,
dame tu amor.

What she did not notice was *Oso Grande*, the bear that lingered every day at the edge of the forest, who was fascinated by her song. By accident, she discovered him asleep one day when she went after a stray lamb. His fur was so thick and beautiful that she sat down to admire him, unafraid. Slowly, he opened one of his eyes and said:

"*Cántame, cántame*, sing for me, sing for me."

Without thinking she sang, "Flor de las flores." He sat up and said:

"*Más, más*, more, more."

Lo que ella no veía era a Oso Grande, el oso que rondaba por las orillas del bosque y que estaba fascinado con su canción. Por casualidad, un día en que ella andaba en pues de una borrega destraviada, encontró al oso dormido. Su pelo era tan grueso y bello que ella se sentó a admirarlo, sin ningún miedo. Despacio, él abrió uno de sus ojos y dijo:

"Cántame, cántame."

Sin pensarlo, ella cantó "Flor de las flores." Él se sentó y dijo:

"Más, más."

Over the next few weeks, she sang him every song she knew. She was not at all surprised that he could talk to her or that he understood what she said. Her friendship with Oso Grande was so amazing that she was sure that her father would never believe her if she told him. The bear spoke of his solitary life in the mountains, his comfortable cave, his deep winter sleep, his curiosity about people and fear of their dogs. He was so gentle and wise that she fell as much in love with him as he was already in love with her. One day he sang back to her:

Flower of my love,
come along with me,
flower of my love,
come along with me.

She followed him up through the forest to the great *peñascos* that formed a rocky ridge high above the valley. Oso Grande's cave was nestled in between and had a little spring in it whose waters tumbled down the steep slopes and joined a roiling river that rushed down west through more canyons to the Río Grande.

En las próximas semanas, ella le cantó cuantas canciones que sabía. Ella no se sorprendió que él le podía hablar, ni que comprendiera lo que ella decía. Su amistad con Oso Grande era tan admirable, que ella estaba segura que su padre no le iba a creer si ella le contaba. El oso le platicaba de su vida solitaria en las montañas, de su cueva tan cómoda, de su durmir tan profundo en el invierno, de su curiosidad atocante la gente y de su miedo de los perros. Él era tan gentil, amable y sabio que ella se enamoró de él tanto como él de ella. Un día él le cantó:

Flor de mi amor,
vente conmigo,
flor de mi amor,
vente conmigo.

Ella lo siguió por la floresta hasta llegar a unos peñascos que formaban una alta y pedregosa cuchilla por encima del valle. La cueva de Oso Grande estaba situada entre las peñas y tenía un manantial cuyas aguas caían por las laderas empinadas y se juntaban con un ríochuelo que corría hacía el oeste por los cañones hasta llegar al Río Grande.

The cave was comfortable and warm, with a bed of fir boughs below piles of soft deerskins. The view was amazing. To the east Silvia could see the Mora Valley and the great *llano*, and to the west the Cerro Pedernal and round peaks of the Jémez volcano. She felt she could almost touch the moon, it was so close.

Every morning when the rays of sunlight came rushing into the cave, Oso Grande sang to her and asked her what she needed. He brought her anything she wanted: jerky, honey, *capulín* cherries, mushrooms, even chile, fresh baked bread, pies and pumpkins that he stole at night from the *hornos* of the villages. He was gentle and generous with her, and only asked that she never leave the safety of the cave without him.

Silvia's father feared that she had become bored with her lonely life in the mountains and that she had wandered away down to Mora or even Las Vegas to see the people, stores, and plazas she had only heard about. But he and the people of the village became suspicious with the barking of dogs in the night, the theft of loaves of bread, pumpkins, and wild prune pies, and the unmistakable tracks of a bear or barefooted man leading back up into the forest.

La cueva era cómoda y calentita, con una cama de ramilletes de pinorreal bajo una pila de blandos cueros de venado. La vista era increíble. Hacia el oriente Silvia podía ver el valle de Mora y el vasto llano; y hacia el poniente, el Cerro del Pedernal y los cerros redondos del volcán de Jémez. A ella se le hacía que casi podía atocar la luna, estaba tan cerquita.

Cada mañana cuando los rayos del sol entraban rugiendo a la cueva, Oso Grande le cantaba a ella y le preguntaba qué ocupaba. Él le traía cualquier cosa que quisiera: carne seca, miel virgen, capulín, hongos, hasta chile, pan recién hecho, pasteles y calabazas que se robaba por la noche de los hornos en los pueblitos. Él era muy dulce y generoso con ella, y sólo le pedía que no abandonara la seguridad de la cueva sin él.

El padre de Silvia se temía que ella se hubiera aburrido de su vida solitaria en las montañas y que se hubiera ido a vagar por Mora y Las Vegas, a ver gente, tiendas y plazas de las que sólo había escuchado en cuentos. Pero él y la gente de la placita comenzaron a sospechar que algo distinto había sucedido, por el ladrido de los perros en las noches, el robo de tortas de pan, calabazas, pasteles de ciruelas pululú, y las huellas de un oso o un hombre descalzo que iban en rumbo a la floresta.

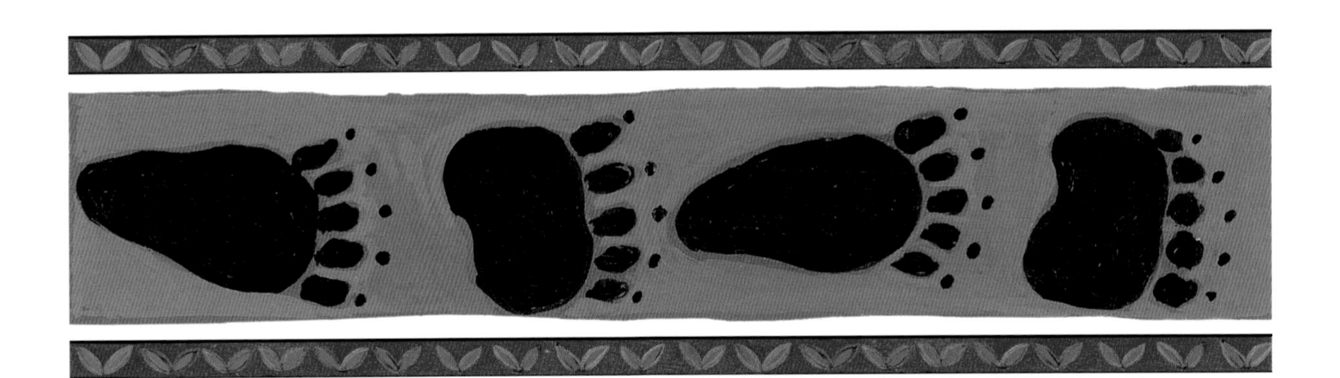

The men and boys took their dogs, lances, and guns, and followed the tracks up to the peñascos. They started a big fire in front of the cave and fired shots toward the entrance. They heard Oso Grande's roars, and were surprised to hear the cries of Silvia.

"No lo maten, es manso, es bueno," she said. "Don't kill him, he is tame, he is good." She ran into the arms of her father. He agreed to not kill the bear if it agreed to keep its distance from the villages, and if it could help to scare the coyotes away at lambing time. With tears in her eyes, Silvia walked back down the mountain to her father's house.

Los hombres y los jóvenes tomaron sus perros, lanzas y rifles y siguieron las huellas hasta al llegar a los peñascos. Encendieron una gran lumbrada delante la cueva y dispararon varios tiros hacia la entrada. Oyeron los gruñidos de Oso Grande, y se sorprendieron de oír a Silvia llorar.

"No lo maten, es manso, es bueno," decía ella. Corrió a los brazos de su padre. Él estuvo de acuerdo con no matar al oso si el oso mantenía cierta distancia de los pueblitos y si espantaba a los coyotes durante la temporada del ahijadero. Con lágrimas en sus ojos, Silvia bajó la montaña rumbo a la casa de su padre.

By the end of the winter, she gave birth to a beautiful son, whom she baptized with well water, *Juan* for his grampa, and *del Oso* for his father, Oso Grande. Silvia and Grampa Juan were amazed at how quickly the baby grew in size and strength. In only a few months he was walking and talking! In the fall Juan del Oso was sent to school with the other kids. Silvia told the teacher and the villagers that he was a primo, a cousin, who had come from the other side of the mountain to live with them.

Al final del invierno, Silvia dio a luz a un hermoso hijo al cual bautizó con agua de noria. Lo llamó Juan por el abuelo, y Oso por el padre, Oso Grande. Silvia y el abuelo Juan se quedaban asombrados al ver lo rápido que el niño crecía en tamaño y fuerza. ¡En sólo unos meses andaba caminando y hablando! En el otoño Juan del Oso fue a la escuela con los otros niños. Silvia le dijo a la maestra y los vecinos que él era un primo que había venido del otro lado de la sierra a vivir con ellos.

Juan del Oso was beginning to wonder who he was as soon as thick, luxurious hair began to grow on his arms. The other kids noticed it even though his mother dressed him with long-sleeved shirts to hide it. They teased him mercilessly and pulled at his shirt and hair. One day he took a swat at one of the boys and knocked him clear across the room, where he hit his head on the teacher's desk. Without wanting to, Juan del Oso had almost killed the boy. In tears, he ran home up the valley to his house.

Juan del Oso empezó a preguntarse quién era tan pronto empezó a crecerle un vello muy abundante en los brazos. Los otros niños notaron esto a pesar de que su madre lo vestía con camisa manga larga para tratar de esconderlo. Le hacían burla sin piedad y le jaloneaban su camisa y pelo. Un día Juan le dio una bofetada a uno de los muchachos y lo tiró hasta el otro lado del cuarto, donde se pegó en la cabeza con el banco de la maestra. Sin querer, Juan del Oso por poco le mataba al muchito. Llorando, él corrió valle arriba hacia su casa.

"Mama, Grampa *¿quién soy, quién soy?* Who am I, who am I?" When they told him the story of his father, Oso Grande, he ran away up the mountain, crying. When the villagers came, Silvia and Grampa Juan apologized and told them they had sent their primo away so he could do no more harm.

Juan del Oso had no idea where to go or where his father was. He cried in desperation and ripped a pine tree up by its roots and made a gigantic walking stick. He walked for days through the forest, eating piñón, berries, and mushrooms until he spotted a plume of smoke. He saw two strange young men dressed in deerskins and roasting meat. They were dancing around the fire and singing an odd chant, "*Ala run tun tún, ala run tun tún.*" He approached them and noticed they were as young and strong as he was.

"Mama, grampa ¿quién soy, quién soy?" Cuando le contaron de su padre, Oso Grande, él corrió montaña arriba, entre sollozos. Cuando los del pueblo vinieron a la casa de Silvia y el abuelo, estos les pidieron disculpas y les dijeron que se habían enviado a su primo lejos para que no hiciera más daño.

Juan del Oso no tenía idea de adónde ir ni en dónde se encontraba su padre. Lloraba desesperado y arrancó un pinabete de raíz e hizo un gigantesco bastón para andar. Caminó durante días por la floresta, comiendo piñón, moras y hongos hasta que alcanzó a ver una nube de humo. Él vio dos jóvenes extraños vestidos con cueros de venado y asando carne. Ellos bailaban alrededor de la lumbre y cantaban un sonsonete extraño, "ala run tun tún, ala run tun tún." Juan les arrimó y se dio cuenta que ellos eran tan jóvenes y garrudos como él.

"*Soy Juan del Oso,*" he said, introducing himself. "Who are you and what are you doing so far up in the mountains? I am from Los Alamitos in the valley to the east. I almost killed a boy in my village."

"*Soy Mudacerros,*" one of them said, grabbing a huge oak shovel as he spoke. "My job is to move hills around." He pointed across the canyon where there was a huge, fresh mound of dirt and rocks, with no vegetation on it at all. Juan del Oso asked him if that was really his name. "No, my real name was Juan de la Peña, but when I was playing on a hill, I started a landslide that buried my uncle's root cellar with him inside it, and they made me leave."

"Soy Juan del Oso," les dijo, presentándose. "¿Quiénes son ustedes y qué andan haciendo tan arriba en la montaña? Yo soy de Los Alamitos, en el valle que queda al este. Por poco mato a un muchachito en mi pueblito."

"Soy Mudacerros," dijo uno de ellos, agarrando una enorme pala de encino mientras hablaba. "Mi trabajo es el de mudar cerros." Señaló hacia el otro lado del cañón donde había un montón de tierra fresca y de piedras sin nada de vegetación. Juan del Oso le preguntó que si ese era su verdadero nombre. "No, mi verdadero nombre es Juan de la Peña, pero cuando jugaba en una loma, provoqué un derrumbe que tapó el soterrano de mi tío con él adentro y me echaron fuera.

"Soy *Mudarríos*," the other one said, holding a large iron bar. "My job is to change the course of rivers." He pointed toward the same area, where a muddy stream circled around the huge mound. Juan del Oso thought his was a strange name too. "No, my real name was Juan del Río, but when I made a dam so I could go trout fishing, the dam broke and washed away some of the houses in my village. In punishment, the people drove me away."

The first of the Juanes was from a town far to the north and the other from a village far to the west near the Río Grande. It seems many strong young boys shared the name Juan. But these Juanes had gotten into so much trouble they had been exiled from their communities. They had met in the mountains and worked every day on their preposterous projects. They sang their magic song to keep up their stupendous strength. But they also ate sacks and sacks of *esquite* or toasted corn they stole from the villages. If they had not met, their loneliness would have been unbearable. They shared their dinner and their stories with Juan del Oso.

"Soy Mudarríos," dijo el otro, deteniendo una gran barra de hierro. "Mi trabajo es cambiar el curso de los ríos." Le señaló hacia el mismo lugar, donde un ríochuelo puerco rodeaba el montón de tierra. A Juan del Oso también le pareció extraño aquel nombre. "No, mi verdadero nombre es Juan del Río, pero cuando hice una presa para poder truchar, la represa se rompió y se llevó varias de las casas de mi pueblito. Como castigo, la gente me echó fuera."

El primero de los Juanes era de una placita algo lejos hacia el norte y el otro venía de una aldea lejana que quedaba al oeste, cerca del Río Grande. Al parecer, muchos de los jóvenes fuertes se llamaban Juan, es decir, eran tocayos. Pero estos Juanes se habían metido en tantas bromas que habían sido exiliados de sus comunidades. Se habían encontrado en las montañas y todos los días trabajaban en sus proyectos descabellados y ridículos. Ellos cantaban su canción mágica para mantener su fuerza estupenda. Pero también comían sacos y sacos de esquite, o maíz tostado que se robaban de los pueblitos vecinos. Si no se hubieran encontrado, su soledad hubiera sido insoportable. Ellos compartían su comida y sus cuentos con Juan del Oso.

The next day he thanked them and left, circling back and climbing further toward the rocky ridges of La Jicarita. He was drawn almost by instinct to the cave of Oso Grande, his father. The bear was tearful as he embraced his son for the first time.

"*Vente conmigo, mi'jito*, come with me, my little son," he said as they went into the marvelous cave. That night they feasted on venison, wild potatoes, and capulín wine. He explained to his son his love for humans, and especially for Silvia, his human wife, whom he would probably never see again.

Al siguiente día, Juan del Oso les dio las gracias y se fue. Dio la vuelta y subió más cerca las cuchillas pedregosas de la Jicarita. Llegó casi por instinto a la cueva de Oso Grande, su padre. Al oso se le salieron las lágrimas al abrazar a su hijo por la primera vez.

"Vente conmigo, mi'jito," le dijo mientras entraban a la maravillosa cueva. Esa noche festejaron comiendo venado, papas silvestres y vino de capulín. Él le explicó a su hijo su amor por los humanos y especialmente por Silvia, su esposa humana que probablemente jamás volvería a ver.

"*Sabía que vendrías,* I knew you would come," he said, giving Juan del Oso a huge bear hug. He explained the reason for his exile, his promise to not bother the villages again, and his desire to help the people nonetheless.

"Your grampa Juan is a hardworking man and I want to help him," Oso Grande growled. They spoke of the good people of the valley to the east and the future of drought and deprivation that they faced. He pointed down the canyon to the west, where the spring water of the cave joined the roiling river below.

"Sabía que vendrías," le dijo, y le dio a Juan del Oso un enorme abrazo de oso. También le explicó a su hijo la razón de su exilio, su promesa de jamás no volver a molestar a los pueblitos, y de su deseo de ayudar a la gente.

" Tu abuelo Juan es un hombre muy trabajador y yo le quiero ayudar," el Oso Grande gruñó. Hablaron de la buena gente que vivía en el valle hacia el oriente y de las probables sequías y carencias que la esperaba en el futuro. Oso Grande apuntó hacia abajo del cañón para el oeste, donde el agua del manantial de la cueva se juntaba con el río enturbiado.

"There is the water for your people. If we could only get it to the other side of the mountain." Juan del Oso could barely contain the hope and emotion in his heart. This would be the way to help his family and the villages. He told his father about the youths he had met in the mountains and their amazing talents.

"Mudacerros can dig and move the earth itself. And Mudarríos can change the course of rivers. I am as strong as they are! Maybe they can help!"

The next day they traveled across the canyons and forests to find the wild young men and explain their plan. When they met, they were excited to find a new purpose for their strength and skills. They all went together back to the cave, got their provisions together, and marched far up the rocky canyon to the source of the river.

"Esa es el agua que necesita tu gente. Si solamente pudiéramos echarla para el otro lado de la montaña." Juan del Oso apenas podía contener la esperanza y alegría de su corazón. Este sería el modo de ayudar a su familia y los pueblitos. Él le contó a su padre de los jóvenes que había encontrado en la montaña y de sus talentos asombrosos.

"Mudacerros puede escarbar y mudar la tierra. Y Mudarríos puede cambiar el cauce de los ríos. ¡Yo soy al tanto de fuerte como ellos! ¡Pueda que ellos nos ayuden!"

Al siguiente día Oso Grande y Juan del Oso atravesaron los cañones y la floresta en busca de los jóvenes rústicos para explicarles su plan. Cuando los encontraron, los jóvenes se alborotaron al hallar un nuevo propósito para su fuerza y habilidad. Todos regresaron juntos a la cueva, recogieron sus provisiones y marcharon hacia arriba por el cañón pedregoso hacia el nacimiento del río.

After building a fire, dancing the "Run tun tún," and eating plenty of esquite and venison jerky, Oso Grande, Juan del Oso, Mudacerros, and Mudarríos made a *presa* high up in the rocky canyon, a structure woven of trees and boulders to capture the flow of the river and make a deep pond. With a brandy bottle half full of water, Mudarríos carefully chose the route for the new acequia to climb up along the ridge, letting the rest of the flow crash down to the river below. Mudacerros removed the large rocks and lined the new acequia with cobbles. Juan del Oso and his father pulled up the trees in the way and wove them like a huge basket back into the dam. They all worked together to achieve what neither could have accomplished alone.

At just the right point on the ridge above the forest and the valley, the newly routed water cascaded down the mountainside *como un salto*, like a waterfall, with a ruffling sound like a flock of crows. Juan del Oso left his father and friends in the forest and ran to the house of his mother and grampa to rejoin them and tell them the good news.

Después de hacer una lumbre, bailar el "Run tun tún" y comer suficiente esquite y carne seca de venado, Oso Grande, Juan del Oso, Mudacerros y Mudarríos construyeron una presa en la parte alta del cañón pedregoso, una estructura tejida con pinos y pedrejones, para captar la corriente del río y hacer una laguna onda. Con una botella de aguardiente llena de agua hasta la mitad, Mudarríos escogió con mucho cuidado la ruta para una acequia nueva que corriera a lo largo de la cuchilla, dejando que el resto de la corriente siguiera estrepitosamente río abajo. Mudacerros removió unos peñascos grandes y alineó la nueva acequia con guijarros y lajas. Juan del Oso y su padre arrancaron los árboles que estorbaban y los entretejieron hasta formar una especie de canasta grande en la presa. Todos trabajaron juntos para poder lograr lo que ninguno hubiera podido hacer solo.

En el punto escogido de la cuchilla que se levantaba por encima del y el valle, el agua recién canalizada descendía por la ladera de la montaña como un salto, con un sonido rizante de una parva de cuervos. Juan del Oso dejó a su padre y a sus amigos en la floresta y corrió a la casa de su madre y su abuelo para reunirse con ellos y contarles las buenas nuevas.

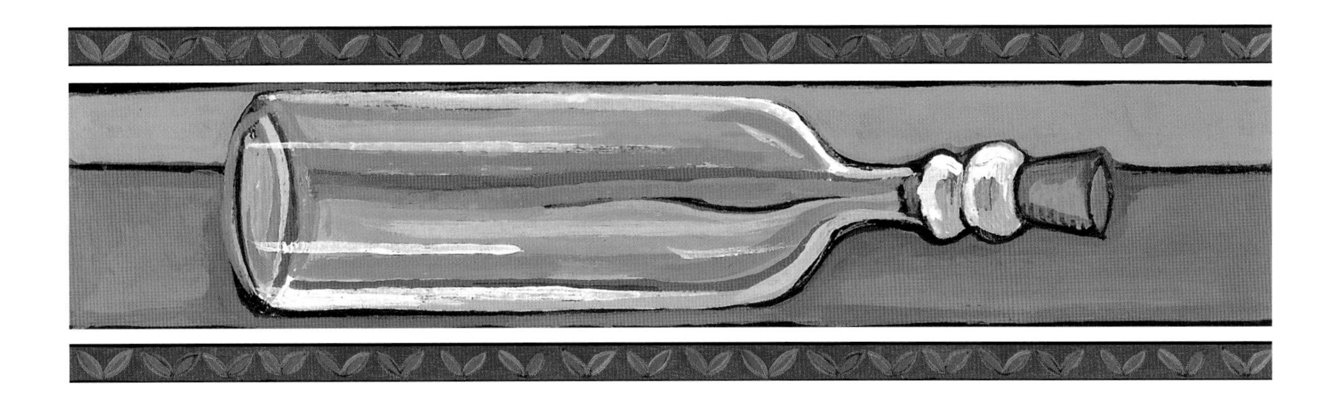

The same afternoon the people in the village below joyfully shouted, "*Allí viene el agua, allí viene la puntera*, here comes the water," as they embraced and lifted their wooden hoes into the air. They could not believe their eyes. In the following weeks, months, and years the people worked together to plan their new life in the valley.

First, they leveled the upper pastures and fields with the help of the Juanes. They cleared a big swath of land that can still be seen from the highway as one drives down to Holman from Peñasco. They carefully routed the acequia to give all the families all the water they needed. Up above and down below more wheat was planted. In the highest cultivated plots they planted *haba* beans, cabbage, peas, potatoes, turnips, and beets. Further down were the pinto beans, the corn, the squashes, and the kitchen gardens of radishes, carrots, herbs, and greens. Near the river they planted orchards of apples, pears, quinces, apricots, cherries, and plums. Hay for the animals was plentiful and abundant all along the edges of the valley. The only crops that would not grow at that altitude were chile, melons, and tomatoes. These they could only get by trading with the people from the valleys west of La Jicarita. To this day, the desire for chile still unites the people of the two sides of the mountain.

Esa misma tarde la gente de la placita más abajo gritaba jubilosamente, "Allí viene el agua, allí viene la puntera," y se abrazaban y levantaban hacia el cielo sus cavadores de palo. No podían creer lo que sus ojos veían. En las siguientes semanas, meses y años, la gente trabajaba junta para llevar a cabo su nueva vida en el valle.

Primero nivelaron en terrazas los pasteos y los campos de siembra de la parte de arriba con la ayuda de los Juanes. Luego desmontaron un pedazo grande de tierra que todavía hoy en día se puede ver de la carretera al bajar uno hacia Holman, viniendo de Peñasco. Con mucho cuidado encausaron la acequia para poder surtir a todas las familias con agua. En la parte alta y más abajo sembraron más trigo. En los bancos más altos sembraron habas, coles, alverjón, papas, nabos y betabel. Más abajo frijol pinto, maíz, calabazas, y sus eritas de rábanos, hierbas medicinales y hortalizas como cilantro, lechuga y zanahorias. Cerca del río plantaron manzana, pera, membrillo, albaricoque, cereza y ciruela. El pasto para los animales era tupido y abundante en las orillas del valle. Lo único que no se daba a esta altura era el chile, los melones y los tomates. Estos los obtenían al hacer cambalache con sus parientes de los valles al oeste de la Jicarita. Hasta el presente, la apetencia de chile une a las gentes de los dos lados de la sierra.

Finally, the strong young men ended their exile and joined the community again. Oso Grande still keeps his distance at the edges of the forest. The people never forgot what the Juanes accomplished, how mountains were moved and rivers changed courses so *la gente* could live and prosper. Around woodstoves and kitchen tables, the people still remind their children and grandchildren of the feats of Juan del Oso and his outcast friends and how righteous hard work can be. Strength without purpose can lead to destruction. Strength channeled like the water in the acequia brings life to all. Every spring, the winter's ice is broken on the Acequia del Rito Negro, the Acequia de la Sierra, and the Acequia del Rito Griego y la Sierra, the acequias of Juan del Oso, so the water can flow again to the beautiful valleys of Mora.

Finalmente, los jóvenes fuertes terminaron su exilio y volvieron a su comunidad. Oso Grande todavía se mantiene a distancia, en las orillas del bosque. A la gente nunca se le olvida lo que hicieron los Juanes, cómo movieron montañas y cambiaron el curso de los ríos para que la gente pudiera vivir y prosperar. Alrededor de las estufas de leña y las mesas de las cocinas, la gente todavía les cuenta a sus hijos y nietos de las hazañas de Juan del Oso y sus amigos exilados para hacerles ver lo honrado que puede ser el trabajo duro. La fuerza sin un propósito puede llevar a la destrucción. Pero la fuerza canalizada, como el agua en una acequia, trae vida a todos. Cada primavera, el hielo del invierno se rompe en la Acequia del Rito Negro, la Acequia de la Sierra, y la Acequia del Rito Griego y la Sierra, las acequias de Juan del Oso, para que el agua corra otra vez por los hermosos valles de Mora.

Glossary ∽ Glosario

acequias—Open air irrigation canals and the traditional system of governance that manages them; from the Arabic *as'saquiya*, literally "water carrier."

ahijadero—Lamb birthing season.

albaricoque—Apricot, from the Arabic; in Mexico also known as *chabacán*.

"ala run tun tún"—The chorus of a strange song also sung by the *abuelos*, the grandfathers or ancestral spirits who live in the mountains, according to regional legends.

alverjón—Sweet peas, regionalism; in Mexico also known as *chícharos* or *guisantes*.

atocante—According to; regionalism for *tocante*.

atocar—To touch; regionalism for *tocar*.

bancos—Banked terraces on slopes.

betabel—Red beets; in Mexico *betarraga* or *remolacha*.

borregas—Sheep; in Spain *ovejas*.

cabresto—Rope; regionalism for *cabestro*.

capulín—Chokecherry; used to make jams, jellies, and a very sought after wine.

cavador—Hoe, from *cavar*, to dig the soil; known also as *azadón*.

Cerro del Pedernal—Flint Mountain, place name for an unusual flattopped obsidian mountain on the north slope of the Jémez volcano.

cíbolos—The American bison; regionalism for *bisonte*.

ciboleros—The famed New Mexican buffalo hunters. From colonial times through the 1870s they went every fall to the plains with their lances and specially trained horses to hunt the buffalo and bring back *carne seca* or jerky for the winter.

cilantro—Coriander or Mexican parsley.

ciruela pululú—Wild plums that grow along acequia banks; regionalism.

corrioso—Very hardy, leatherneck tough; regionalism.

cuchilla—A sharp mountain ridge, from the word *cuchillo*, knife or the blade of a knife.
destraviada/o—Someone who is not well mentally, or when referring to an animal that leaves the herd and goes on its own; regionalism for *extraviada/o*.
durmir—Regionalism for *dormir*, to sleep.
Embudo—Funnel; the place name of a village in southeast Río Arriba County in the canyon of the Río Grande originally known as Embudo de Picurís. The whole watershed is shaped as a funnel, and thus the name of the land grant.
eritas—From *era*, threshing floor or a sunken bed used to plant vegetables, similar to the Zuni waffle gardens.
esquite—A type of corn that was toasted to eat, similar to today's corn nuts.
"*Flor de las flores*"—"Flower among flowers" is one of New Mexico's most popular love songs; the flower is of course the beloved. In religious lyrics, the Virgin Mary is often called "flower among flowers."
floresta—Forest, usually referring to the national forests and the U.S. Forest Service that manages them after the loss of the land grants. No confirmed land grants became part of the national forests.
frezadas—Blanket, usually referring to Indian made or Río Grande style blankets; regionalism for *frazadas*.
fuertecito—A small cabin with horizontal logs, usually the first building made before a permanent house was constructed. A *jacal* is similar, but with vertical logs.
garrudo—Term for a very strong person; regionalism.
guijarros—Small pebbles.
habas—Broad beans, also known as "horse beans"; in French and Italian known as *fabas* or *favas*.
hatajito—A small herd of sheep or cattle, from *hatajo*.
horno—An outside rounded oven made of adobe and mud used for cooking; adapted from the Moors.
Jicarita—A drinking cup either made from a gourd or clay; here it refers to the cup-shaped bald mountain between Picurís and Mora that drains both the west and east sides of the Sangre de Cristo Mountains.
Juanes—The Johns; the heroes of many Spanish and Mexican folktales are named *Juan* and correspond to the many *Jacks* of Anglo-American folklore, as in "Jack and the Beanstalk."
lajas—Flagstone slabs, used in building walls or for floors of traditional New Mexico houses.
Llano Estacado—The Great "Staked Plains" that begin on the east side of the Sangre de Cristo Mountains, where New Mexicans used to go hunting for buffalo. Travelers erected stakes as landmarks.
Los Alamitos—Little aspens; place name for a meadow above the village of Chacón, the ancestral ranch of the Gandert family.
lumbre, lumbrada—Fire or campfire; regionalism.
membrillo—Quince, one of the original fruits brought by the colonizers into New Mexico.
Mora—A brambleberry, but also can be from *morar*, to inhabit, to dwell, also a Moorish woman. Place name for a large valley on the eastern slope of the Sangre de Cristo Mountains. At the western head of the valley are the villages of Chacón and Agua Negra or Black Water, now known as Holman.
mi'jito—Contraction of *mi hijito*, my little son.
muchito—Contraction of *muchachito*, or young boy; regionalism.

Mudacerros and *Mudarríos*—Mountain Mover and River Mover, the strange names of Juan del Oso's companions in the Juan the Bear folk story cycle.

ojos—Water springs, regionalism; also known as *manantiales*.

Oso Grande—Big Bear; is he a black bear or a grizzly? Because his fur is grizzled or gray tipped, the grizzly is called *oso gris* in Spanish. The very last grizzly bear in the Sangre de Cristo Mountains was killed in 1929 near Glorieta, east of Santa Fe. Their former range included the Mora area.

Picurís—The northern Tiwa pueblo high on the western flank of the Sangre de Cristo Mountains, on the banks of the Río Pueblo; originally named San Lorenzo de Picurís.

pinabete—The Ponderosa pine tree, which grows starting around 6,500 feet in elevation; regionalism.

pinorreal—Spruce or fir, or the "Royal Pines."

pisos—Woven throw rugs placed on the floor; regionalism. Also refers to the *solar* or lot where people would build their houses, which comes from the word "grounds," the floor of a building.

placita—Little plaza, in New Mexico used to mean village or town; regionalism.

presa—A small dam or diversion made in or along a stream or drainage to store water in ponds or divert it into acequias.

puerco—Dirty, referring to muddy rivers or dirty animals or people. Can refer to someone who is very dirty, but usually refers to a hog, which in Spanish is known as a *cerdo*, *marrano*, or *puerco*.

puntera—The first flow of water, when it is turned into the acequia in the spring; the "point water."

ríochuelos—A small creek, usually those in the high sierras that then turn into rivers; regionalism for *ríachuelos*.

Rondanillas—A pulley wheel or crank; also known as *cigüeña*.

Sangre de Cristo—Blood of Christ, a place name that first appeared on railroad maps; the major mountain range that passes through northern New Mexico.

soslís—Slanting, usually when talking about the landscape.

soterrano—Subterranean cellar, an underground structure for storing potatoes, apples, pumpkins, and other crops through the winter; regionalism for *subterráneo*.

surco—A furrow, but also a measurement of water.

Tiwas—A native Tanoan culture and language spoken by several Pueblos in New Mexico, including Picurís and Taos Pueblos in the north, and Sandía and Isleta Pueblos in the south.

tocayos—Namesake, an affectionate way of addressing someone with the same first name.

truchar—To fish; regionalism. In New Mexico the favorite game fish is the *trucha* or trout, much admired for its intelligence.

vigas—Roof beams in traditional New Mexican architecture, usually made from peeled conifer logs.

viruela—The smallpox; in colonial times, epidemics of smallpox ravaged New Mexico about once every ten years.

yupa—Storytelling term referring to a time long ago; regionalism.

zoquete—Mud or mud plaster, from the Nahuatl; other Spanish synonyms include *lodo* and *barro*.

Additional Readings on Acequias and Juan del Oso

Arellano, Anselmo. *Acequias de la Sierra and Early Agriculture of the Mora Valley*. Guadalupita, NM: The Center for Land Grant Studies Press, 1994 (1985).

Barakat, Robert A. "The Bear's Son Tale in Northern Mexico." *The Journal of American Folklore*, Vol. 78, No. 310 (Oct.–Dec., 1965): 330–36.

Espinosa, Aurelio M. *Cuentos populares de España*. Buenos Aires: Espasa-Calpe, 1946.

Espinosa, José Manuel. *Spanish Folktales from New Mexico.* New York: Stechert, 1937.

Rael, Juan B. *Cuentos españoles de Colorado y Nuevo México.* Stanford: Stanford University Press, 1937, and Santa Fe: Museum of New Mexico Press, 1977.

Rivera, José. *Acequia Culture.* Albuquerque: University of New Mexico Press, 1998.

Rodríguez, Sylvia. *Acequia: Water Sharing, Sanctity, and Place.* Santa Fe: School for Advanced Research, 2007.

Robe, Stanley L., ed. *Hispanic Folktales from New Mexico: Narratives from the R. D. Jameson Collection*. Berkeley: University of California Press, 1977.